AF349694

Aquarelles

PAR

D. BOURGOIN

HOMO
ADDITVS
NATVRÆ
IMPRIMERIE DE L ART

CATALOGUE

DES

Aquarelles

PAR

D. BOURGOIN

DONT LA VENTE AURA LIEU

HOTEL DROUOT, SALLE N° 5

Le Mercredi 1ᵉʳ Avril 1885

A TROIS HEURES PRÉCISES

Par le Ministère de **Mᵉ LÉON TUAL**, commissaire-priseur,

39, rue de la Victoire, 39

Assisté de **M. BERNHEIM jeune**, expert,

8, rue Laffitte, 8

EXPOSITION PUBLIQUE

Le Mardi 31 Mars 1885, de 1 heure à 5 heures

EXPOSITION PARTICULIÈRE

Galerie Bernheim jeune, 8, rue Laffitte

Jeudi 26, Vendredi 27 et Samedi 28 Mars 1885, de 10 h. du matin à 6 h. du soir.

Ce Catalogue se distribue à Paris :

Chez Mᵉ LÉON TUAL, commissaire - priseur,

39, rue de la Victoire, 39

Chez M. BERNHEIM jeune, expert,

8, rue Laffitte, 8.

CONDITIONS DE LA VENTE

Elle sera faite au comptant.

Les adjudicataires payeront *cinq pour cent* en sus des enchères.

Paris. — Imp. de l'Art. E. Ménard et J. Augry
41, rue de la Victoire, 41

D. BOURGOIN

 OICI une nouvelle qui va combler de joie les amateurs d'aquarelles et qu'ils nous sauront assurément gré de leur avoir annoncée.

Nous apprenons qu'une vente précédée d'une exposition va prochainement être offerte aux délicats amateurs de plus en plus nombreux, aux véritables connaisseurs, aux fidèles adeptes de la peinture à l'eau, de cet art délicat, subtil et primesautier que l'on ne considérait autrefois que comme un art d'agrément, mais qui, depuis ces dernières années, a pris une réelle et considérable importance et a enfin conquis une large place dans l'art contemporain.

L'exposition dont nous parlons est celle des œuvres de **D. Bourgoin**; elle sera organisée par les soins de l'habile expert M. Bernheim jeune, dans ses vastes salons, et la vente, qui doit suivre aussitôt, sera faite à l'hôtel Drouot le 1ᵉʳ avril.

Une bonne fée a dû bien certainement présider à la naissance de Bourgoin, lui mettant dans son berceau une boîte de *Water colours*. Mais, comme toujours, la méchante fée a fait son apparition et a prédit à Bourgoin, qu'il serait condamné à ne se servir toute sa vie que de cette boîte qu'il a rendue, à force de labeur et de volonté, un peu magique.

Une exposition semblable à celle qui va s'ouvrir rue Laffitte ne se rencontre qu'à de très rares intervalles; aussi bien Bourgoin, à notre avis, devrait-il plus souvent convier le public à cet agréable spectacle, car, dussions-nous blesser la modestie du délicat aquarelliste, c'est un réel plaisir que de pouvoir admirer ses légères et limpides œuvres, dont la variété n'exclut pas la puissance remarquable de touche et dans lesquelles, chose assez rare chez nos modernes, Bourgoin n'essaie jamais d'escamoter les premiers plans sous prétexte de voir grand et simple!

C'est un tempérament personnel dans lequel on aime à retrouver les qualités de facture qui ont établi la réputation des Bonnington et des Jacquemart, et que l'on retrouve aujourd'hui chez les Madeleine Lemaire, les Bellecour, les Duez, les Detaille et les Vibert.

C'est un pur, comme Detaille, comme Heilbuth, qui par leur volonté, leur talent, ont su trouver la formule tant cherchée pour associer, combiner merveilleusement l'eau et la gouache, et cela pour le triomphe de leurs œuvres appelées à vivre doublement, non seulement par leurs qualités viriles de dessin et de composition, mais encore par la solidité de leur procédé.

Félicitons et encourageons Bourgoin qui, depuis dix ans, lutte vaillamment pour faire triompher les différents genres qu'il nous soumet aujourd'hui. Il a eu le mérite rare de demeurer artiste toujours et quand même, refusant de sacrifier plus que de raison à l'amour du lucre et mettant la passion de son art au-dessus de tout.

Vive donc la peinture à l'eau, qui éclaire si vivement nos intérieurs par ses riantes images et ses impressions spontanées ! C'est en foule que l'on se rendra à l'exposition des œuvres de Bourgoin, où l'on admirera ses fleurs si hardiment peintes au soleil, ses ateliers d'artistes avec les portraits d'artistes tels que Detaille, de Neuville et Sarah Bernhardt, ses frais cottages, ses coins exquis de villages, ses ravissantes scènes champêtres, toutes ces œuvres vibrantes dans lesquelles l'artiste a si largement dépensé son âme, *ad majorem aquæ gloriam!*

Adolphe Tavernier.

DÉSIGNATION

AQUARELLES

1 — *Édouard Detaille dans son atelier.*

2 — *Sarah Bernhardt dans son atelier.*

3 — *Bord de la Seine, à Cermèse (chalet d'Oli-vier Métra).*

4 — *Les Plâtreries; effet du soir.*

5 — *Les Charpentiers à table.*

6 — *La Mare des Marchais (Bois-le-Roi).*

7 — *La Petite Abandonnée.*

8 — *La Branche cassée.*

9 — *Bords de la Seine.*

10 — *La Cueillette de fleurs.*

11 — *Le Barrage de Cermèse.*

12 — *La Pêche miraculeuse.*

13 — *Entrée de forêt, à Bois-le-Roi.*

14 — *Coin de ferme, à Bois-le-Roi.*

15 — *Hauteur du plateau de Bellecroise.*

16 — *Une Blessure grave.*

17 — *Le Clos, à Chaumart ; effet du matin.*

18 — *Violettes et boules-de-neige.*

19 — *Les Longues Veilles ; forêt de Fontaine-bleau.*

AQUARELLES DE BOURGOIN

Exposées Galerie BERNHEIM jeune.

35 — *Marguerites et giroflées.*
Appartient à M. Henin.

36 — *Atelier de G. Vibert.*
Appartient à M. Vibert.

37 — *Le Cadeau du parrain.*
Appartient à M. Henin

38 — *Tulipes variées.*
Appartient à Mme de Villers.

39 — *Bourriches de pensées.*
Appartient à Mme de Villers.

40 — *Dans les blés.*
Appartient à M. H. May.

41 — *Roses trémières au soleil.*
Appartient à M. X.

42 — *Après le crime.*
Appartient à Mme Madeleine Lemaire.